For Rachel Claire
M.W.

For Genevieve
and Asher
B.F.

তোমার কি ঘুম আসছে না, ছোট ভালুক?

লিখেছেন: মার্টিন ওয়াডেল
ছবি এঁকেছেন: বারবারা ফার্থ

This edition published in 1993 by Magi Publications, in association with
Star Books International, 55 Crowland Avenue, Hayes, Middx UB3 4JP
First Published in Great Britain in 1988 by Walker Books Ltd, London
Printed and bound in Hong Kong by South China Printing Co. (1988) Ltd

Translated into Bengai by Kanai Datta
ISBN 1 85430 313 9

Can't You Sleep, Little Bear?

Written by Martin Waddell

Illustrated by Barbara Firth

Magi Publications, London

একদা দুইটি ভালুক ছিল।
বড় ভালুক আর ছোট ভালুক।
বড় ভালুকটা ছিল খুব বড় আর ছোট ভালুকটা ছিল বেশ ছোট।
সারাদিন সূর্যের আলোয় ওরা খেলা করত। রাত্রি আসলে, সূর্য অস্ত গেলে, বড়
ভালুক ছোট ভালুককে গুহার ভিতর তাদের বাসায় নিয়ে যেত।

Once there were two bears.
Big Bear and Little Bear.
Big Bear is the big bear, and Little Bear is the little bear.
They played all day in the bright sunlight. When night
came, and the sun went down, Big Bear took Little Bear
home to the Bear Cave.

গুহার ভিতর অন্ধকার জায়গায় একটা বিছানায় ছোট ভালুককে বড় ভালুকটা শুইয়ে দিত। বলত, "ছোট ভালুক, এইবার ঘুমিয়ে পড়।"
এবং ছোট ভালুক ঘুমোবার চেষ্টাও করত।
বড় ভালুক তার ভালুক-চেয়ারে আরামে বসে আগুনের আলোয় তার ভালুক-বইটা পড়তে শুরু করে।
কিন্তু ছোট ভালুকের চোখে ঘুম আর আসে না।

Big Bear put Little Bear to bed in the dark part of the cave. "Go to sleep, Little Bear," he said.
And Little Bear tried.
Big Bear settled in the Bear Chair and read his Bear Book, by the light of the fire.
But Little Bear couldn't get to sleep.

বড় ভালুক তার ভালুক-বইটা পাশে রেখে (এই সময়ে গল্পটা দারুন জমে উঠেছিল) বিছানার কাছে ঘেঁসে এসে বলে, "তুমি কি ঘুমোতে পারছ না, ছোট ভালুক?"

ছোট ভালুক বলল, "আমার ভয় করছে।"

বড় ভালুক জিগগেস করল, "তোমার কিসের ভয়, ছোট ভালুক?"

ছোট ভালুক উত্তর দিল, "অন্ধকার আমি মোটেই ভালোবাসি না।"

বড় ভালুক বলে, "কোথায় অন্ধকার?"

ছোট ভালুকটি বললে, "আমাদের চারিদিকেই অন্ধকার।"

"Can't you sleep, Little Bear?"
asked Big Bear, putting down his Bear Book
(which was just getting to the interesting part) and
padding over to the bed.
"I'm scared," said Little Bear.
"Why are you scared, Little Bear?"
asked Big Bear.
"I don't like the dark,"
said Little Bear.
"What dark?" said Big Bear.
"The dark all around us,"
said Little Bear.

বড় ভালুক তাকিয়ে দেখল যে গুহার অন্ধকার দিকটা খুবই অন্ধকার। সুতরাং সে বাতির আলমারির কাছে গিয়ে সেখান থেকে সবচেয়ে ছোট একটা বাতি আনল। বড় ভালুক সেই ছোট্ট বাতিটাকে জ্বেলে দিল এবং সেটাকে ছোট ভালুকের বিছানার কাছে বসিয়ে দিল।

বড় ভালুক বলল, "তোমার যাতে আর ভয় না করে সেই জন্যই এই ছোট বাতিটা রাখলাম।

"অনেক ধন্যবাদ, বড় ভালুক", ছোট ভালুক এই কথা বলে সেই আলোয় বেশ চেপেচুপে শুয়ে পড়ল।

বড় ভালুক বলল, "এইবার ঘুমিয়ে পড়, ছোট ভালুক।" বলে ও আস্তে আস্তে আবার ভালুক-চেয়ারের কাছে এসে আগুনের আলোয় ওর ভালুক-বইটা পড়ার জন্য গুছিয়ে বসলো।

Big Bear looked, and he saw that the dark part of the cave was very dark, so he went to the Lantern Cupboard and took out the tiniest lantern that was there.
Big Bear lit the tiniest lantern, and put it near to Little Bear's bed.
"There's a tiny light to stop you being scared, Little Bear," said Big Bear.
"Thank you, Big Bear," said Little Bear, cuddling up in the glow.
"Now go to sleep, Little Bear," said Big Bear, and he padded back to the Bear Chair and settled down to read the Bear Book, by the light of the fire.

ছোট ভালুক ঘুমোবার চেষ্টা করেও ঘুমোতে পারে না। বড় ভালুক আবার তার বইটা রাখল (এখন সবচেয়ে জমাটি জায়গার আর চার পাতা আছে) এবং হেলেদুলে বিছানার কাছে এসে একটা হাই তুলে বলল, "তুমি কি ঘুমোতে পারছ না, ছোট ভালুক?"
ছোট ভালুক বলল, "আমার ভয় করছে।"
বড় ভালুক জিগগেস করল, "তোমার কিসের ভয়, ছোট ভালুক?"
ছোট ভালুক উত্তর দিল, "অন্ধকার আমি মোটেই ভালোবাসি না।"
বড় ভালুক জিগগেস করে, "কোথায় অন্ধকার?"
ছোট ভালুক বললে, "আমাদের চারিদিকেই অন্ধকার।"
বড় ভালুক বলল, "কিন্তু আমি যে একটা বাতি এনে দিলাম তোমাকে!"
ছোট ভালুক বলল, "এতটুকু একটা বাতি, অন্ধকারটা যে অনেক বেশী।"
বড় ভালুক দেখল যে ছোট ভালুক ঠিকই বলেছে, চারিদিকে বেশ অন্ধকার। সুতরাং বড় ভালুক এবার বাতির আলমারি থেকে একটা বেশ বড় বাতি নিয়ে এল। বড় ভালুক বাতিটা জ্বেলে অন্য বাতিটার পাশে রেখে দিল।

Little Bear tried to go to sleep, but he couldn't.
"Can't you sleep, Little Bear?" yawned Big Bear, putting down his Bear Book (with just four pages to go to the interesting bit) and padding over to the bed.
"I'm scared," said Little Bear.
"Why are you scared, Little Bear?" asked Big Bear.
"I don't like the dark," said Little Bear.
"What dark?" asked Big Bear.
"The dark all around us," said Little Bear.
"But I brought you a lantern!" said Big Bear.
"Only a tiny-weeny one," said Little Bear. "And there's lots of dark!"
Big Bear looked, and he saw that Little Bear was quite right, there was still lots of dark. So Big Bear went to the Lantern Cupboard and took out a bigger lantern.
Big Bear lit the lantern, and put it beside the other one.

বড় ভালুক বলল, "এইবার ঘুমিয়ে পড় তো, ছোট ভালুক," বলে সে আবার হেলেদুলে গিয়ে ওর ভালুক-চেয়ারে আরাম করে বসে আগুনের আলোয় ভালুক-বইটা পড়তে শুরু করল।
ছোট ভালুক ঘুমিয়ে পড়ার আপ্রাণ চেষ্টা করেও ঘুমোতে পারল না।

"Now go to sleep, Little Bear," said Big Bear
and he padded back to the Bear Chair
and settled down to read the
Bear Book, by the light of the fire.
Little Bear tried and tried to go
to sleep, but he couldn't.

(যখন আর তিনটি মাত্র পাতা বাকি)
তখন আবার ভালুক–বইটি বন্ধ করে
হেলেদুলে বিছানার কাছে এসে বড়
ভালুক বলল, "তুমি কি এখনো
ঘুমোতে পারছ না, ছোট ভালুক?"
ছোট ভালুক বলল, "আমার ভয় করছে।"
বড় ভালুক জিগগেস করল, "তোমার
কিসের ভয়, ছোট ভালুক?"
ছোট ভালুক বলল, "অন্ধকার আমার
মোটেই ভালো লাগে না।"
"কোথায় অন্ধকার," বড় ভালুক জিগগেস করে।
ছোট ভালুক বলল, "আমাদের চারিদিকেই অন্ধকার।"
বড় ভালুক বলল, "কিন্তু আমি তোমার জন্য দুটো বাতি এনে দিয়েছি,
একটা ছোট আর একটা বড়!"
"এমন কিছু বড় নয়," ছোট ভালুকটা বলল, "তাছাড়া এখনও চারিদিকে
যথেষ্ট অন্ধকার।"

"Can't you sleep, Little Bear?" grunted Big Bear, putting down his Bear Book (with just three pages to go) and padding over to the bed.
"I'm scared," said Little Bear.
"Why are you scared, Little Bear?" asked Big Bear.
"I don't like the dark," said Little Bear.
"What dark?" asked Big Bear.
"The dark all around us," said Little Bear.
"But I brought you two lanterns!" said Big Bear. "A tiny one and a bigger one!"
"Not much bigger," said Little Bear.
"And there's still lots of dark."

বড় ভালুক একটু ভাবল, তারপর বাতির আলমারির কাছে গিয়ে তার ভিতর থেকে সবচেয়ে বড় বাতিটা বার করল। এর ছিল দুটো হাতল আর একটা শিকল। সে বাতিটাকে ছোট ভালুকের বিছানার উপর দিয়ে ঝুলিয়ে দিল।

সে ছোট ভালুককে বলল, "আমি তোমাকে সবচেয়ে বড় বাতিটা এনে দিয়েছি, আর যাতে তোমার ভয় না হয়!"

ছোট ভালুক আগুনের আলোয় আরাম করে শুয়ে ছায়ার নাচ দেখতে দেখতে বলল, "ধন্যবাদ, বড় ভালুক।"

বড় ভালুক বলল, "এবার তাহলে ঘুমিয়ে পড়ো, ছোট ভালুক," বলে সে হেলেদুলে ভালুক-চেয়ারের কাছে গিয়ে আগুনের আলোয় ওর ভালুক-বইটা পড়তে শুরু করল।

Big Bear thought about it, and then he went to the Lantern Cupboard and took out the Biggest Lantern of Them All, with two handles and a bit of chain. He hooked the lantern up above Little Bear's bed.
"I've brought you the Biggest Lantern of Them All!" he told Little Bear. "That's to stop you being scared!"
"Thank you, Big Bear," said Little Bear, curling up in the glow and watching the shadows dance.
"Now go to sleep, Little Bear," said Big Bear and he padded back to the Bear Chair and settled down to read the Bear Book, by the light of the fire.

ছোট ভালুক ঘুমোবার জন্য কতই না চেষ্টা করতে থাকল কিন্তু
ঘুমোতে পারল না।

Little Bear tried and tried and tried to go to sleep,
but he couldn't.

বড় ভালুক (যখন বইটির আর দুটি পাতা বাকি তখন) বইটি রেখে হেলেদুলে বিছানার কাছে এসে চিৎকার করে বলে উঠল, "এখনও ঘুমোতে পারছো না, ছোট ভালুক?"

"Can't you sleep, Little Bear?" groaned Big Bear, putting down his Bear Book (with just two pages to go) and padding over to the bed.

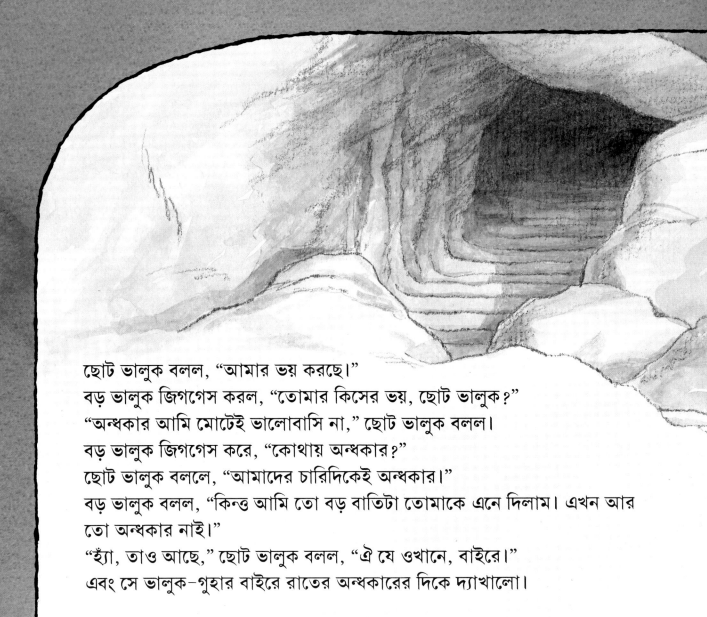

ছোট ভালুক বলল, "আমার ভয় করছে।"
বড় ভালুক জিগগেস করল, "তোমার কিসের ভয়, ছোট ভালুক?"
"অন্ধকার আমি মোটেই ভালোবাসি না," ছোট ভালুক বলল।
বড় ভালুক জিগগেস করে, "কোথায় অন্ধকার?"
ছোট ভালুক বললে, "আমাদের চারিদিকেই অন্ধকার।"
বড় ভালুক বলল, "কিন্তু আমি তো বড় বাতিটা তোমাকে এনে দিলাম। এখন আর তো অন্ধকার নাই।"
"হ্যাঁ, তাও আছে," ছোট ভালুক বলল, "ঐ যে ওখানে, বাইরে।"
এবং সে ভালুক-গুহার বাইরে রাতের অন্ধকারের দিকে দ্যাখালো।

"I'm scared," said Little Bear.
"Why are you scared, Little Bear?" asked Big Bear.
"I don't like the dark," said Little Bear.
"What dark?" asked Big Bear.
"The dark all around us," said Little Bear.
"But I brought you the Biggest Lantern of Them All, and there isn't any dark left," said Big Bear.
"Yes there is!" said Little Bear. "There is, out there!"
And he pointed out of the Bear Cave, at the night.

JAN 1

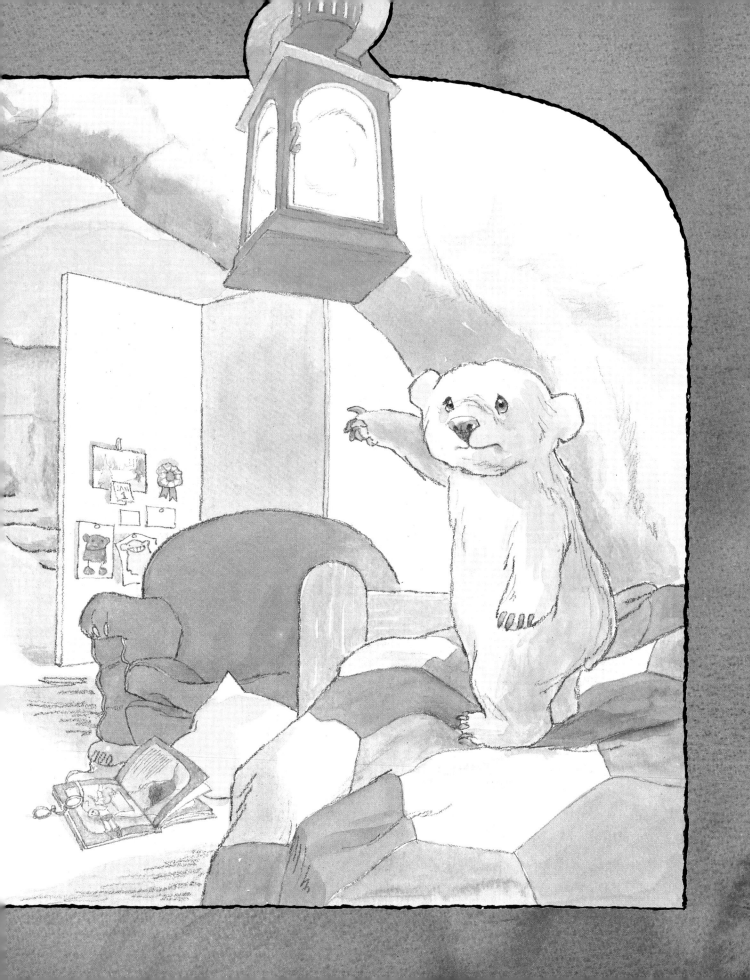

বড় ভালুক দেখল যে ছোট ভালুক ঠিকই বলেছে। বড় ভালুক যেন হতবুদ্ধি হয়ে গেল। জগতের সমস্ত বাতিগুলি এক সাথে করেও বাইরের ঐ অন্ধকারকে দূর করা যায় না।
বড় ভালুক বহুক্ষণ এটা নিয়ে চিন্তা করল। তারপর বলল, "আমার সাথে এসো, ছোট ভালুক।"
ছোট ভালুক জিগগেস করল, " আমরা কোথায় যাচ্ছি?"
বড় ভালুক বলল, "বাইরে।"
"বাইরে ঐ অন্ধকারের মধ্যে?" ছোট ভালুক প্রশ্ন করল।
বড় ভালুক উত্তর দিল, "হ্যাঁ!"
"কিন্তু আমি যে অন্ধকারে ভয় পাই!" ছোট ভালুক বলল।
বড় ভালুক বলল, "আর ভয় পাবে না!" তারপর সে ছোট ভালুকের একটা থাবা ধরে ওকে গুহার বাইরে সেই রাত্রির মধ্যে নিয়ে এলো এবং সেখানে তখন....

Big Bear saw that Little Bear was right. Big Bear was very puzzled. All the lanterns in the world couldn't light up the dark outside.
Big Bear thought about it for a long time, and then he said, "Come on, Little Bear."
"Where are we going?" asked Little Bear.
"Out!" said Big Bear.
"Out into the darkness?" said Little Bear.
"Yes!" said Big Bear.
"But I'm scared of the dark!" said Little Bear.
"No need to be!" said Big Bear, and he took Little Bear by the paw and led him out from the cave into the night and it was...

অন্ধকার!
ছোট ভালুক বড় ভালুককে জড়িয়ে ধরে বলে ওঠে, "উঃ! আমার
ভীষণ ভয় করছে!"
বড় ভালুক ছোট ভালুককে উঁচু করে ধরে আদর করে বলল, "ছোট ভালুক,
ঐ অন্ধকারের দিকে দ্যাখো।" ছোট ভালুক তাকাল।

DARK!

"Ooooh! I'm scared," said Little Bear, cuddling
up to Big Bear.
Big Bear lifted Little Bear, and cuddled him,
and said, "Look at the dark, Little Bear."
And Little Bear looked.

বড় ভালুক বলল, "তোমার জন্য আমি চাঁদকে নিয়ে এসেছি, ছোট ভালুক,
ঐ জ্বলজ্বলে হলুদ চাঁদ আর সমস্ত মিটমিটে তারা।"

"I've brought you the moon, Little Bear," said Big Bear.
"The bright yellow moon, and all the twinkly stars."

কিন্তু ছোট ভালুক আর কিছু বলল না কারণ ও তখন ঐ বড় ভালুকের আরাম
দায়ক আর নিরাপদ কোলের মধ্যে ঘুমিয়ে পড়েছে।
বড় ভালুক তখন গভীর ঘুমন্ত ছোট ভালুককে ভালুক-গুহার ভিতর নিয়ে এল এবং
এক হাতের মধ্যে ছোট ভালুককে আর অন্য হাতে ভালুক-বইটা ধরে নিয়ে,
আগনের ধারে ভালুক-চেয়ারে, আরাম করে বসল।

But Little Bear didn't say anything, for he had gone
to sleep, warm and safe in Big Bear's arms.
Big Bear carried Little Bear back into the Bear Cave,
fast asleep, and he settled down with Little Bear
on one arm and the Bear Book on the other, cosy in the
Bear Chair by the fire.

URSUS

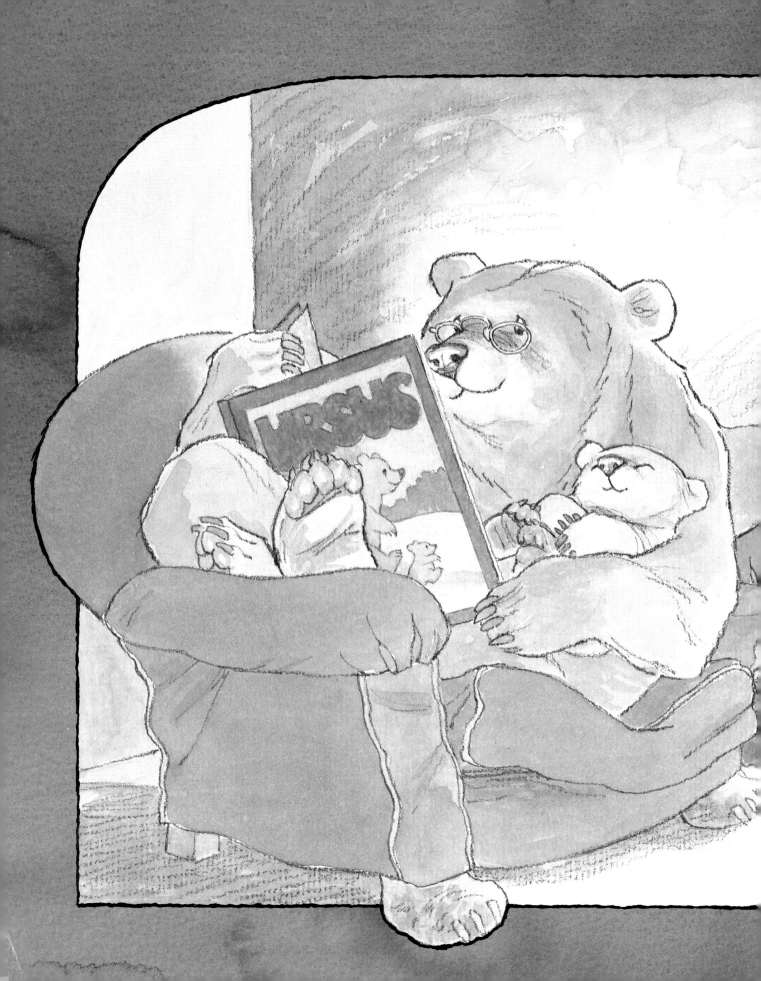

এবং বড় ভালুক তখন ভালুক-বইটা পড়ে করে ফেলল....

And Big Bear read the Bear Book right to...

শেষ !
THE END